LE
SECRÉTAIRE
DES AMANTS,

LE

SECRÉTAIRE

DES AMANTS.

OU

RECUEIL CHOISI

DE LETTRES D'AMOUR,

Précédé d'un Avant-Propos,

Par **M. TEYSSÈDRE.**

PARIS

LE BAILLY, LIBRAIRE

6, RUE CARDINALE, FAUBOURG SAINT-GERMAIN

1861

AVANT-PROPOS.

Cent et cent mille fois j'ai entendu dire qu'on ne peut bien régir ses affaires que par soi-même : oui, sans doute, cette maxime est de toute vérité, lorsqu'il s'agit de régler des différends qui ne peuvent soulever ni la haine ni la colère, ni toute autre passion dont les sages eux-mêmes ne sont pas toujours les maîtres. Deux honnêtes propriétaires peuvent fort bien s'entendre sur le déplacement d'une borne, sans avoir recours aux lumières et à l'intervention intéressée des gens de loi.

Mais si le ministère public vous accuse, à tort ou à raison, d'avoir professé et soutenu publiquement des opinions contraires au système de gouvernement qu'il a plu à la majorité d'adopter, vous ne commettrez pas l'imprudence de vous présenter tout seul devant le tribunal. L'appui d'un avocat est de toute nécessité dans une semblable circonstance; il y a plus, les avocats même les plus habiles se font assister de quelqu'un de leurs confrères, toutes les fois qu'ils ont des démêlés personnels avec la justice.

Il en est semblablement de la position du jeune homme, à qui les yeux, les grâces d'une jeune beauté ont fait perdre l'appétit et le sommeil : s'il veut déclarer sa flamme à cet objet chéri qu'il adore, il balbutie et n'articule que des mots qui ne disent rien, ou des phrases incohérentes qui n'ont ni rime ni raison; mieux vaudrait, dans un tel cas, faire faire la déclaration par une tierce personne.

Il est vrai que l'extrême embarras d'un jeune amoureux fait la joie et flatte singulièrement l'amour-propre de la femme qui lui fait tourner la tête, pourvu que cette beauté ait quelque

expérience en matière d'amour ; mais il
ne serait pas impossible qu'un jeune
novice, qui ne compte que quinze à
dix-huit printemps ; ne prît pour de la
bêtise le trouble qui empêche son amant
de lui faire sa déclaration en termes
propres et en phrases qui aient de la
pureté.

Lorsqu'on ne veut pas avoir recours
à un intermédiaire, ce qui le plus souvent pourrait avoir des désagréments
qui entraîneraient à des suites que la
prudence commande d'éviter avec soin,
il faut confier au papier ce que l'on
pourrait dire de vive voix si l'on était
capable de conserver le sang-froid dont
on jouit dans les circonstances ordinaires de la vie.

Une lettre bien écrite est, en effet,
le moyen le plus puissant dont amant
puisse se servir pour s'attirer l'estime
et bien souvent l'amour de celle qui
est l'objet de ses feux : une lettre bien
faite, ou même que l'on trouve telle,
est lue sans cesse ; c'est une sorte de
diplomate qui plaide nuit et jour en

votre faveur, c'est un agent redoutable que vous avez jeté dans la place et qui travaille avec ardeur et succès à vous en faire ouvrir les portes.

Mais qui peut se flatter de composer des lettres intéressantes lorsqu'on n'a aucune expérience du monde, et qu'on n'a pas encore eu le temps de se former dans l'art si difficile d'écrire avec esprit et correction, si, comme nous l'avons dit plus haut, une déclaration faite de vive voix, mais avec trouble et confusion, peut faire douter des capacités intellectuelles d'un jeune homme. Sachez bien qu'une lettre qui fourmille de gaucheries, de fautes de langage est capable de produire des effets bien plus funestes. Le malheureux qui a osé signer une telle missive est presque toujours perdu sans ressource; sa lettre excite de la pitié, quand ce n'est pas la risée; on se la montre, on la commente pour en faire ressortir tous les défauts.

C'est cette difficulté de bien écrire une lettre, lorsqu'on est dans la première jeunesse, en proie aux tourments de l'amour, qui a fait sentir la nécessité d'un recueil de lettres à l'usage des amants ; le nombre des livres qu'on a publiés sur cette matière est prodigieux, et tous les jours il s'en vend des quantités étonnantes : toute leur utilité est si bien reconnue !

Celui que nous offrons au public peut passer, nous osons l'assurer, comme un de tous ceux qui sont les plus dignes de mériter sa confiance : rédigé par une plume élégante et sage, il offre des modèles dont on peut faire son profit dans toutes les phases de la période de la vie, où les sentiments amoureux ont tous leurs charmes et toute leur énergie.

Lorsqu'on fait usage d'un recueil de lettres, il faut bien se garder de commettre l'imprudence de copier textuellement celle que l'on a choisie pour modèle ; car si la personne que vous voulez toucher possédait un recueil semblable, et qu'elle vînt à s'apercevoir que vous n'êtes qu'un misérable copiste, quelle paūvre idée n'auıait-elle pas de voş talents!

Il faut donc ne jamais copier textuellement, mais inventer avec adresse, en déplaçant les mots, tout en intervertissant l'ordre des phrases; un peu d'exercice suffira pour que l'on obtienne ce genre d'habileté.

LETTRES D'AMOUR.

—

Déclaration.

Avant de me livrer, mademoiselle, dirai-je au plaisir ou au besoin de vous écrire, je commence par vous supplier de m'entendre. Je sens que pour oser vous déclarer mes sentiments, j'ai besoin d'indulgence; si je ne voulais que les justifier, elle me serait inutile. Que vais-je faire, après tout, que vous montrer votre ouvrage? et qu'ai-je à vous dire que mes regards, mes embarras, ma conduite et même mon silence ne vous aient dit avant moi? Et pourquoi vous fâcheriez-vous d'un sentiment que vous avez fait naître? Émané de vous, sans doute il est digne de vous être offert; s'il est brûlant comme mon âme, il est pur comme la vôtre.

Serait-ce un crime d'avoir su apprécier votre charmante figure, vos talents séducteurs, vos grâces enchanteresses et cette touchante candeur qui ajoute un prix inestimable à des qualités déjà si précieuses? Non, sans doute; mais sans être coupable, on peut être malheureux; et c'est le sort qui m'attend si vous refusez d'agréer mon hommage. C'est le premier que mon cœur est offert : sans vous, je serais encore, non pas heureux, mais tranquille.

Je vous ai vue; le repos a fui loin de moi et mon bonheur est incertain. Cependant vous vous étonnez de ma tristesse ; vous m'en demandez la cause : quelquefois même j'ai cru voir qu'elle vous affligeait. Ah ! dites un mot, et ma félicité sera votre ouvrage. Mais, avant de prononcer, songez qu'un mot peut aussi combler mon malheur. Soyez donc l'arbitre de ma destinée. Par vous, je vais être heureux ou malheureux. En quelles mains plus chères puis-je remettre un intérêt plus grand?

Je finirai comme j'ai commencé, par implorer votre indulgence. Je vous ai demandé de m'entendre ; j'oserai plus, je vous prierai de me répondre. Le refuser serait me laisser croire que vous vous trouvez offensée, et mon cœur m'est garant que mon respect égale mon amour,

D'un jeune homme à sa maîtresse après s'être engagé dans un régiment de cavalerie.

Mademoiselle,

Du moment que je ne possède plus votre cœur; et qu'un autre me balance dans vos affections, je ne tiens plus aux douceurs de la vie, et encore moins à l'établissement avantageux que nos familles nous préparaient pour l'avenir. Vous ne m'aimez plus, perfide, ingrate, vous foulez aux pieds dix ans d'un attachement né au sein de l'enfance, approuvé par nos parents, placé sous les auspices de l'estime publique; c'en est fait, je vais m'enchaîner sous les drapeaux de l'honneur, et rendre mon retour près d'une coquette, impossible. L'ennemi est près des grand'gardes du régiment que je choisis; eh bien, j'irai affronter la mort que ma religion m'empêche de me donner, j'appellerai sur ma tête tous les dangers : trop heureux si je puis vous faire accuser de ma fin déplorable

et montrer au doigt comme la cause de mon dé-
sastre.

Je suis, etc.

Autre déclaration.

Il faut vous fuir, mademoiselle, je le sens
bien. J'aurais dû beaucoup moins attendre, ou
plutôt il ne fallait vous voir jamais. Mais que
faire aujourd'hui ? comment m'y prendre ? Vous
m'avez promis de l'amitié ; voyez mes perplexi-
tés et conseillez-moi.

..... Si je souffre, j'ai du moins la consolation
de souffrir seul, et je ne voudrais pas d'un bon
heur qui pût coûter au vôtre.

Cependant je vous vois tous les jours et je
m'aperçois que, sans y songer, vous aggravez
innocemment des maux que vous ne pouvez
plaindre et que vous devez ignorer. Je sais, il
est vrai, le parti que dicte en pareil cas la prudence au défaut de l'espoir ; et je me serais efforcé de le prendre si je pouvais accorder en cette

occasion la prudence avec l'honnêteté. Mais comment me retirer décemment d'une maison dont la maîtresse elle-même m'a offert l'entrée, où elle m'accable de bontés, où elle me croit de quelque utilité à ce qu'elle a de plus cher au monde? Comment frustrer cette tendre mère du plaisir de surprendre un jour son époux par vos progrès dans des études qu'elle lui cache à ce dessein? Faut-il quitter impoliment sans lui rien dire? Faut-il lui déclarer le sujet de ma retraite? Et cet aveu même ne l'offensera-t-il pas de la part d'un homme dont la naissance et la fortune ne peuvent lui permettre d'aspirer à vous?

Je ne vois, Mademoiselle, qu'un moyen de sortir de l'embarras où je suis, c'est que la main qui m'y plonge m'en retire; que ma peine ainsi que ma faute me viennent de vous, et qu'au moins, par pitié pour moi, vous daigniez m'interdire votre présence. Montrez ma lettre à vos parents, faites-moi refuser votre porte, chassez-moi comme il vous plaira. Je puis tout endurer de vous; je ne puis vous fuir de moi-même.

Vous, me chasser! moi, vous fuir! et pourquoi? pourquoi donc? Est-ce un crime d'être sensible au mérite et d'aimer ce qu'il faut qu'on honore? Non, belle Julie, vos attraits avaient ébloui mes yeux; jamais ils n'eussent égaré mon cœur sans l'attrait plus puissant qui les anime. C'est cette union touchante d'une sensibilité si vive et d'une inaltérable douceur; c'est cette pitié si tendre à tous les maux d'autrui; c'est cet esprit juste, ce goût exquis qui tiennent leur pureté de celle de l'âme; ce sont, en un mot, les charmes des sentiments, bien plus que ceux de la personne, que j'adore en vous. Je consens qu'on vous puisse imaginer plus belle encore, mais plus aimable et plus digne du cœur d'un honnête homme, non, Julie, il n'est pas possible.

J'ose me flatter quelquefois que le ciel a mis une conformité secrète entre nos affections ainsi qu'entre nos goûts et nos âges. Si jeunes encore, rien n'altère en nous les penchants de la nature, et toutes nos inclinations semblent se rapporter. Avant d'avoir pris les uniformes préjugés du monde, nous avons des manières uniformes de sentir et de voir; et pourquoi n'oserais-je imaginer dans nos cœurs ce même concert que j'aperçois dans nos jugements?

Quelquefois nos yeux se rencontrent; quelques

soupirs nous échappent en même temps ; quelques larmes furtives... O Julie ! si cet accord venait de plus loin..., si le ciel nous avait destinés..., toute la force humaine... Ah ! pardon ! je m'égare, j'ose prendre mes vœux pour de l'espoir ; l'ardeur de mes désirs prête à leur objet la possibilité qui lui manque.

Je vois avec effroi quel tourment mon cœur se prépare. Je ne cherche point à flatter mon mal ; je voudrais le haïr s'il était possible. Jugez si mes sentiments sont purs par la sorte de grâce que je viens de vous demander. Tarissez, s'il se peut, la source du poison qui me nourrit et me tue. Je ne veux que guérir ou mourir, et j'implore vos rigueurs comme un amant implorerait vos bontés.

Oui, je promets, je jure de faire de mon côté tous mes efforts pour recouvrer ma raison, ou concentrer au fond de mon âme le trouble que j'y sens naître ; mais par pitié détournez de moi ces yeux si doux qui me donnent la mort, dérobez aux miens vos traits, votre air, vos bras, vos mains, vos blonds cheveux, vos gestes ; trompez l'avide imprudence de mes regards ;

2.

retenez cette voix touchante qu'on n'entend pas sans émotion.

Soyez, hélas! une autre que vous-même pour que mon cœur puisse revenir à lui.

Après une déclaration.

Que je me suis accusé, mademoiselle, dans ma première lettre! Au lieu de soulager mes maux, je n'ai fait que les augmenter en m'exposant à votre disgrâce, et je sens que le pire de tout est de vous déplaire. Votre silence, votre air froid et réservé ne m'annoncent que trop mon malheur. Si vous avez exaucé ma prière en partie, ce n'est que pour mieux m'en punir. Vous retranchez en public l'innocente familiarité dont j'eus la folie de me plaindre; mais vous n'en êtes que plus sévère dans le particulier, et votre ingénieuse rigueur s'exerce également par votre complaisance et vos refus.

Que ne pouvez-vous connaître combien cette froideur m'est cruelle! vous me trouveriez trop puni. Avec quelle ardeur ne voudrais-je pas revenir sur le passé et faire que vous n'eussiez point vu cette fatale lettre! Non, dans la crainte de vous offenser encore; je n'écrirais point celle-ci si je n'eusse écrit la première, et je ne veux pas redoubler ma faute, mais la réparer. Faut-il, pour vous apaiser, dire que je m'abusais moi-même? faut-il protester que ce n'était pas de l'amour que j'avais pour vous?... Moi! je prononcerais cet odieux parjure!... Le vil mensonge est-il digne d'un cœur où vous régnez? Ah! que je suis malheureux, s'il faut l'être! Pour avoir été téméraire, je ne serai ni menteur ni lâche; et le crime que mon cœur a commis, ma plume ne peut le désavouer.

Je sens d'avance tout le poids de votre indignation, et j'en attends les derniers effets comme une grâce que vous me devez au défaut de toute autre, car le feu qui me consume mérite d'être puni, mais non méprisé. Par pitié, ne m'abandonnez pas à moi-même, daignez au moins disposer de mon sort; dites quelle est votre volonté. Quoi que vous puissiez me prescrire, je ne saurai qu'obéir. M'imposez-vous un silence éternel? je ne saurais me contraindre à le garder; me bannissez-vous de votre présence? je jure que vous ne me verrez plus; m'ordonnez-vous de mourir? Ah! ce ne sera pas la plus difficile. Il n'y a point d'ordre auquel je ne souscrive, hors celui de ne plus vous aimer; encore obéirai-je en cela même, s'il m'était posible.

Cent fois le jour, je suis tenté de me jeter à vos pieds, de les arroser de mes larmes, d'y obtenir la mort ou mon pardon; toujours un effroi mortel glace mon courage; mes genoux tremblent et n'osent fléchir; la parole expire sur mes lèvres; et mon âme ne trouve aucune assurance contre la frayeur de vous irriter.

Est-il au monde un état plus affreux que le mien? mon cœur sent combien il est coupable, et ne saurait cesser de l'être : le crime et le remords l'agitent de concert; et sans savoir quel sera mon destin, je flotte dans un doute insupportable, entre l'espoir de la clémence et la crainte du châtiment.

Mais non, je n'espère rien; je n'ai droit de rien espérer. La seule grâce que j'attends de vous est de hâter mon supplice. Contentez une juste vengeance : est-ce être assez malheureux que de me voir réduit à la solliciter moi-même? Punissez-moi; vous le devez; mais si vous

n'êtes impitoyable, quittez cet air froid et mé-
content qui me met au désespoir. Quand on envoie un coupable à la mort, on ne lui montre
plus de colère.

Après avoir reçu l'aveu qu'on est aimé.

Puissances du ciel ! j'avais une âme pour la
douleur ; donnez-m'en une pour la félicité.
Amour, vie de l'âme, viens soutenir la mienne
prête à défaillir. Charme inexprimable de la
vertu, force invincible de la voix de ce qu'on
aime, bonheur, plaisirs, transports, que vos
traits sont poignants ! qui peut en soutenir
l'atteinte ? Oh ! comment suffire au torrent de
délices qui vient inonder mon cœur ? comment
expier les alarmes d'une craintive amante ?
Julie....., non, ma Julie, à genoux ! ma Julie,
verser des pleurs !.... celle à qui l'univers devrait
des hommages, supplier un homme qui l'adore
de ne pas l'outrager, de ne pas se déshonorer
lui-même !

Si je pouvais m'indigner contre toi, je le ferais, pour tes frayeurs qui nous avilissent. Juge mieux, beauté pure et céleste, de la nature de ton empire. Ah ! si j'adore les charmes de ta personne, n'est-ce pas surtout pour l'empreinte de cette âme sans tache qui l'anime, et dont tous les traits portent la divine enseigne? Tu crains de céder à mes poursuites ! Mais quelle poursuite peut redouter celle qui couvre de respect tous les sentiments qu'elle inspire? Est-il un homme assez vil sur la terre pour oser être téméraire avec toi !

Permets, permets que je savoure le bonheur inattendu d'être aimé..., aimé de celle... Trône du monde, combien je te vois au-dessous de moi! Que je la relise mille fois cette lettre adorable où ton amour et tes sentiments sont écrits en caractères de feu; où, malgré tout l'emportement d'un cœur agité, je vois avec transport combien, dans une âme honnête les passions les plus vives gardent encore le saint caractère de la vertu! Quel monstre après avoir lu cette touchante lettre, pourrait abuser de ton état et témoigner, par l'acte le plus marqué, son profond mépris pour lui-même?

Non, chère amante, prends confiance en un

mai fidèle, qui n'est point fait pour te tromper. Bien que ma raison soit à jamais perdue, bien que le trouble de mes sens s'accroisse à chaque instant, ta personne est désormais pour moi le plus charmant, mais le plus sacré dépôt dont jamais mortel fut honoré. Ma flamme et son objet conserveront ensemble une inaltérable pureté. Je frémirais de porter la main sur tes chastes attraits, plus que du plus vil inceste ; et tu n'es pas dans une sûreté plus inviolable avec ton père qu'avec ton amant. Oh ! si jamais cet amant heureux s'oublie devant toi !... L'amant de Julie aurait une âme abjecte ! Non, quand je cesserai d'aimer la vertu, je ne t'aimerai plus ; à ma première lâcheté je ne veux plus que tu m'aimes.

Rassure-toi donc, je t'en conjure au nom du tendre et pur amour qui nous unit : c'est à lu de t'être garant de ma retenue et de mon respect ; c'est à lui de te répondre de lui-même. Et pourquoi tes craintes iraient-elles plus loin que mes désirs ? A quel autre bonheur voudrais-je aspirer, si tout mon cœur suffit à peine pour celui qu'il goûte ? Nous sommes jeunes tous deux, il est vrai ; nous aimons pour la première et l'unique fois de la vie, et n'avons nulle expérience des passions ; mais l'honneur qui nous conduit est-il un guide trompeur? a-t-il besoin d'une expérience suspecte qu'on n'acquiert qu'à force de vices?

J'ignore si je m'abuse, mais il me semble que les sentiments droits sont tous au fond de mon cœur. Je ne suis point un vil séducteur comme tu m'appelles dans ton désespoir, mais un homme simple et sensible qui montre aisément ce qu'il sent et ne sent rien dont il doive rougir.

Pour dire tout en un seul mot, j'abhorre encore plus le crime que je n'aime Julie. Je ne sais, non, je ne sais pas même si l'amour que tu fais naître est compatible avec l'oubli de la vertu et si tout autre qu'une âme honnête peut sentir assez tous tes charmes : pour moi, plus j'en suis pénétré, plus mes sentiments s'élèvent.

Ah ! daigne te confier aux feux que tu m'inspires et que tu sais si bien purifier; crois qu'il suffit que je t'adore pour respecter à jamais le précieux dépôt dont tu m'as chargé. Oh ! quel cœur je vais posséder ! Vrai bonheur, gloire de ce qu'on aime, triomphe d'un amour qui s'honore, combien tu vaux mieux que tous tes plaisirs

Lettre d'un jeune homme épris sur-le-champ.

Mademoiselle,

a lettre vous causera sans doute de l'étonnement ; mais je me sens porté, par l'irrésistible impulsion d'un amour aussi honnête que passionné, à vous écrire et à vous ouvrir un cœur qui vous est presque entièrement inconnu. J'ai eu l'honneur de vous voir chez mademoiselle*** ; vos charmes et la modestie qui les relève m'ont si vivement frappé, que je n'ai pu, depuis cette époque, jouir d'un instant de repos. Mais, puisque mes sentiments sont purs, pourquoi craindrais-je de vous en faire l'humble aveu ? si vous daignez l'accueillir, il vous apprendra au moins quel est l'effet puissant de vos attraits.

Veuillez donc, mademoiselle (en cas qu'aucun engagement ne s'y oppose), me permettre de solliciter une entrevue en présence de quelque parent où je satisferai vous et ceux que cela doi intéresser, sur ma famille, ma fortune et autres objets qu'il faut faire connaitre avant d'obtenir un libre accès. Mon amour-propre, ou , pour parler plus juste, mon amour me fait croire que mes regards, en cherchant les vôtres, n'y rencontrèrent point de dédain : cela m'a suffi pour me donner une hardiesse qui sera cruellement punie si vous rejetez une demande d'où dépend le bonheur de ma vie entière.

Je suis, mademoiselle, en attendant votre réponse avec la plus vive impatience, votre, etc.

Lettre d'un amant à un père pour en obtenir la permission de rechercher sa fille.

Monsieur,

Jaloux de mériter votre estime, je prends le parti de vous ouvrir mon cœur. J'aime mademoiselle votre fille , et c'est moins l'effet de ses charmes que des vertus que vous lui avez inspirées dès l'enfance. Vous connaissez ma famille, ma fortune ; et, si mes vœux vous paraissent des gues d'approbation, je vous prie humblement, monsieur, de me permettre de faire ma cour à votre aimable demoiselle. J'ai quelques raisons d'imaginer que je ne lui suis pas désagréable. Je vous assure cependant que je ne me suis point encore efforcé d'engager son affection, dans la crainte que mes vœux ne se trouvassent en conradiction avec les volontés d'un père.

Je suis, etc.

Lettre du même à la demoiselle, après avoir obtenu la permission qu'il demandait.

Mademoiselle,

J'aurais peut-être dû consulter votre cœur avant de demander la permission de vous offrir le mien ; mais j'ai craint de blesser le respect que vous portez à votre respectable père ; et en demandant l'approbation de l'auteur de vos jours, je n'ai pas prétendu m'en autoriser pour contraindre vos sentiments. Mon bonheur dépend absolument de vous, et je ne pourrai être heureux que quand vous le désirerez vous-même. A présent que j'ai rempli ce que le devoir me prescrivait envers votre père, c'est vous que j'implore pour me permettre d'essayer de vous plaire et vous convaincre que le tendre sentiment que j'éprouve pour vous ne finira qu'avec ma vie.

Réponse de la demoiselle.

Monsieur,

Le respect que vous marquez pour mon père ne peut que m'être agréable, et je craindrais d'y manquer moi-même en m'opposant à ses désirs. Je recevrai vos visites avec les égards convenables ; mais je stipule d'avance que le don de ma main ne sera point exigé que je ne puisse y ajouter celui d'un cœur sincère.

Je suis, etc.

Lettre d'un amant à une parente de sa maîtresse, pour lui demander si le cœur de celle-ci est engagé.

Madame,

J'ai eu plusieurs fois occasion de voir votre aimable parente, mademoiselle ***, et je me suis senti entraîné irrésistiblement vers elle. Mes regards ont cherché les siens, et j'ai cru remarquer qu'elle ne les repoussait pas avec dédain. Désirant avec ardeur lui offrir mes vœux, et faire les démarches usitées auprès de ses père et mère, j'ai voulu auparavant savoir si ces démarches ne viendraient point à contre-temps, et je me suis adressé à vous, madame, dans l'espoir que vous serez assez bonne pour m'apprendre si mademoiselle L... n'a pas quelque engagement. J'attendrai votre réponse avec impatience.

Je suis, etc.

Lettre d'un amant à sa maîtresse dont il est éloigné.

Si jamais voyage m'a causé du déplaisir, ma chère R***, c'est sans doute celui qui m'éloigne de vous. Il me semble, depuis que je vous ai quittée, que j'ai perdu tout ce qui peut m'attacher à la vie ; rien ne m'intéresse, si ce n'est ce qui se rapporte à vous : aussi j'y fais rapporter toutes mes actions, et il n'est pas une de mes pensées qui ne vous offre à mon esprit.

Je ne vous dirai pas que je crains l'absence pour votre amour ; vous m'avez assuré du contraire, et l'estime que j'ai pour vous m'empêche de douter de la sincérité de votre promesse. Votre vertu est le plus sûr garant que je puisse avoir de votre fidélité. Mais si je suis dans une parfaite sécurité sur ce point, je n'en suis pas plus heureux sous le rapport de l'absence ; les motifs que j'ai de vous aimer sont précisément les principales causes de mon tourment. Je regarde comme tout-à-fait perdu les jours que je ne

passe point auprès d'une personne aussi accom-
plie que vous, mademoiselle.

Vous devez juger maintenant avec quelle impatience j'attends le moment qui terminera mon
voyage; je le hâte de tout mon pouvoir. Vos
lettres peuvent me console de l'espèce d'exil où
je suis condamné. Par pitié, prodiguez-les en
faveur de celui qui se qualifie.

Mademoiselle,

Le plus fidèle et le plus tendre serviteur
que vous puissiez avoir.

---

*Lettre d'un amant qui a le droit de se
plaindre.*

Enfin, mademoiselle, il faut que je vous ouvre
entièrement mon cœur. J'ai longtemps hésité,
parce que je craignais toujours d'être injuste;
mais je ne puis plus m'abuser maintenant. Je
vois que, dans le moment même où j'aime avec
le plus d'ardeur, et où j'avais toutes les raisons

du monde de croire à la sincérité de vos protestations, vous me trompiez avec la plus insigne mauvaise foi

Selon vous, peut-être, il est permis de faire des promesses à un homme qui les reçoit aveuglément, et à un autre qui a le droit de s'en moquer. Suivant moi, mademoiselle, un honnête homme doit être sincère dans ses protestations, et oublier la femme qui, après les avoir reçues et en avoir fait de son côté, se conduit comme si rien n'était arrivé. Trouvez donc bon que cette lettre soit la dernière que vous recevrez de moi.

Lettre d'un jeune homme à sa maîtresse premier jour de l'an.

Voilà le premier jour de l'an, ma chère Sophie. C'est le moment où l'on s'empresse de rendre hommage aux personnes qui ont droit d'attendre cette soumission de notre part. Certes, je vous dois bien l'hommage de mon cœur; mais je n'ai pas attendu à ce jour pour vous l'offrir, avec le respect qui accompagne toutes mes actions à votre sujet. Toute ma personne est dan votre dépendance; que puis-je présenter de plus? Je prends la liberté de vous envoyer un léger présent, non parce qu'il en vaut la peine, mais parce qu'il vous forcera à penser un instant plus à celui qui vous aime pour la vie.

Je souhaite pour vous et pour moi cent ans de vie et cinquante d'amour; le reste sera de l'amitié.

Je suis votre tendre et respectueux ami, etc.

D'un militaire à sa maîtresse qu'il a été obligé de quitter.

Mon aimable et toujours chère amie,

L'absence n'a fait que fortifier les sentiments que vous m'avez inspirés. J'ai quitté à regret le étendards de l'amour pour ceux de Bellone;

mais j'espère me rendre de plus en plus digne de vous dans la nouvelle carrière que je parcours ; bientôt je pourrai joindre le laurier de Mars au myrthe de Cythère, et recueillir près de vous le prix de mes travaux et de ma constance, puisse le feu qui me pénètre rester sans cesse allumé dans votre cœur, et puissé-je, à mon retour, vous retrouver telle que je vous ai laissée en partant ! Le moindre affaiblissement dans vos sentiments serait pour moi plus terrible que la mort. Rassurez donc, par ces tendres expressions qui vous sont si naturelles, le cœur du plus fidèle et du plus sensible des amants.

Déclaration à une demoiselle avec laquelle on s'est trouvé au bal.

Mademoiselle,

Peut-on voir tant d'attraits sans désirer de leur rendre hommage ? Depuis qu'un heureux hasard m'a fait partager avec vous les plaisirs du bal, vos grâces et vos talents occupent sans cesse mon cœur et ma pensée.

Pardon, mademoiselle... Ah! si je pouvais me flatter de ne pas vous déplaire, j'oserais, avec votre permission, présenter à vos respectables parents l'offrande pure des sentiments que je brûle de vous consacrer pour la vie.

Réponse.

Monsieur,

À votre lettre flatteuse, je dois répondre que la volonté de mon père et de ma mère est ma première loi.

Si j'ai pu vous inspirer un sentiment tendre et délicat, vous pouvez leur en faire part, et je connais trop l'intérêt qu'ils prennent à mon sort pour ne pas recevoir de leur main l'époux qui doit fixer notre bonheur mutuel.

Surtout, monsieur, songez que les attraits de la jeunesse passent vite : ce sont les qualités du cœur qui enchaînent pour la vie, et j'espère que nous aurons le temps de nous connaître.

Dernier adieu d'un amant délaissé.

Madame,

Je ne puis, sans me plaindre, voir ma bonne foi abusée par les flatteuses apparences qui semblaient me conduire au port de la félicité.

Le cœur ne se commande pas ; mais le sentiment qui l'entraîne lui fait une loi de s'exprimer avec franchise... Tromper, c'est déchirer le bandeau de l'amour ; alors il s'envole, et voilà toute sa vengeance.

C'est assez vous dire que, loin de me croire abattu par la perfidie, la vue d'une conquête plus digne de ma délicatesse portera dans votre âme les tourments du remords, qui doubleront mon triomphe.

Lettre d'un amant jaloux à sa maîtresse.

Peut-on allier tant de perfidie à tant d'aménité? et une physionomie si douce, si agréable ; un corps, une taille, enfin un ensemble si parfait de grâces et de beauté, peuvent-ils recéler une âme si perverse? Il n'est donc que trop vrai que ces yeux qui, en me fixant, portaient le bonheur et le ravissement dans mon âme, ne s'exprimaient si voluptueusement que pour mieux me tromper? Oh! que ne puis-je oublier que je vous aimai! que ne puis-je oublier ces moments si doux où, dans l'épanchement de la plus tendre amitié, vous joigniez aux plus séduisantes caresses les protestations d'un attachement qui ne devait finir qu'avec la vie! Perfide! ô perfide! était-ce à l'instant même où vous me juriez un amour éternel que je devais vous surprendre avec un autre, à qui sans doute vous teniez le même langage? Jouissez de votre victoire : si le but de vos démarches a été de me rendre le plus malheureux, vous avez complétement réussi. Mais telle est la bizarrerie de mon

sort, que je vous aime autant qu'il faudrait peut-
être que je vous haïsse. L'enfer est dans mon
cœur. Si vous ne pouvez m'aimer, ah! du moins
plaignez-moi.

Réponse.

Il y a tant d'injustice dans les reproches
amers que vous me faites que, si je cédais moins
à mon cœur qu'à ma raison, je vous laisserais
longtemps dans l'état de perplexité où vous affectez d'être; mais ne souffrissiez-vous que le quart
des tourments que vous dites endurer, je veux
bien descendre jusqu'à me justifier pour rétablir
votre repos s'il est vrai qu'il soit troublé. Pauvre
ami! ce cavalier, *cet autre avec qui vous ne
deviez pas me surprendre*, est un de mes on-
cles, frère de ma mere, arrivé avant-hier sans
que nous l'attendissions. Cette explication doit
vous suffire sans doute; et je vous proteste que,
si le motif qui vous a porté à suspecter votre
amie d'une manière si outrageante pour elle et si

ignominieuse pour vous, ne portait avec lui l'empreinte de la susceptibilité et de l'attachement, j'eusse rompu de suite toute relation avec vous. Mais si je suis assez bonne pour vous pardonner cette première fois, ne vous exposez pas à vous faire pardonner une seconde; car il serait possible que je vous fisse voir que j'ai autant de caractere que d'amitié et d'attachement pour vous. Croyez-moi, on n'aime pas sincèremen l'objet qu'on ne saurait estimer. Tel est le sentiment de

> Votre, etc.

Lettre d'un militaire à sa maîtresse.

Enfin, ma chère amie, je crois toucher au moment de te revoir et de t'embrasser. Quel bonheur ce sera pour moi, après toutes les fatigues que j'ai essuyées, après une si longue absence! Je me flatte que tu ne seras pas moins sensible à mon retour; si j'en juge par l'amitié que tu me témoignais quand j'étais auprès de toi, et par les lettres que tu m'as écrites depuis que je t'ai quittée. Je reprendrai les travaux que mon service militaire m'a forcé d'interrompre. Ton père et ta mère, déjà disposés, avant mon départ, à nous unir, consentiront sans doute à notre mariage, et rien ne troublera plus, je l'espère, un bonheur que nous devrions déjà goûter depuis plusieurs années. Dans un mois, je serai près de celle que j'aime, et dans deux au plus tard nous vivrons ensemble sous le même toit, pour ne plus nous séparer jamais. Adieu, mon aimable amie; conserve ta santé; embrasse pour moi tes chers parents; satisfais à l'impatience que j'ai de recevoir de tes nouvelles, en m'écrivant aussitôt la réception de la présente.

Ton ami pour la vie

Réponse.

Je ne saurais t'exprimer, mon cher ami, la joie que m'a causée la réception de ta lettre. Mes peines vont enfin cesser, je vais revoir celui qui mon cœur a juré cent fois de n'avoir jamais d'autre époux. Combien j'ai souffert de ta longue absence! Ma pensée te suivait dans tes longues marches : je frémissais des périls auxquels tu étais exposé : la Providence t'en a garanti et t'a réservé pour faire mon bonheur. Mes bons parents, qui te regardent déjà comme leur fils, partagent ma joie; ils ne doutent pas que tu ne reviennes aussi laborieux, aussi honnête dans ta conduite que tu l'étais avant ton départ. C'est là ce qui t'a gagné leur estime et leur affection; c'est là ce qui les engage à ne pas s'opposer à l'attachement que nous avons l'un pour l'autre. Reviens, mon ami, bientôt mon époux, reviens promptement, et crois-moi pour la vie, etc.

Lettre à sa maîtresse pour lui demander son portrait.

Je crois que vous aurez agréable la très-humble prière que je vous fais de me donner votre portrait, sachant que j'estime l'original plus que toutes les choses du monde. Vous soulagerez donc quand il vous plaira mon impatience, dans l'attente de cette faveur, vous assurant que je la mettrai au rang des plus grandes fortunes qui me pourraient arriver, étant

Votre, etc.

Réponse.

La prière que vous me faites de vous donner mon portrait est si obligeante, que, n'étant pas fâchée que vous ayez souvent devant vos yeux l'image d'une personne qui fait plus que de vous estimer, vous me ferez la grâce de le recevoir, et d'être persuadé du plaisir que j'ai d'ajouter quelque chose au titre de

Votre, etc.

Lettre d'un riche artisan à sa maîtresse.

J'ai aimé bien des fois dans ma vie, mais je n'ai amais rien aime tant que vous. Ce qui me le fait croire, c'est que je n'ai donné jusqu'à pré-

sent à chacune de mes maîtresses que cent pistoles
pour leurs menus plaisirs, et pour les vôtres j'irais jusqu'à mille. Faites vos réflexions là-dessus,
je vous en conjure, et songez que l'argent est
plus rare qu'il n'a jamais été. Quoiqu'il en soit,
rien n'empêchera de vous donner des marques
de l'amitié qu'a pour vous,

Votre, etc.

Réponse.

Je m'étais déjà aperçue, dans les conversations
que j'ai eues avec vous, que vous aviez beaucoup
d'esprit; mais je ne savais pas que vous écriviez
si galamment. Je n'ai rien vu de si joli que votre
billet, et je serais ravie d'en recevoir souvent
de semblables; cependant j'aurai autant de joie
de vous entretenir à la première occasion que
j'ai de plaisir à me dire aujourd'hui, avec une
sincère amitié,

Votre, etc.

Déclaration d'amour.

C'en est fait de ma liberté, mademoiselle, depuis le moment fortuné où j'eus l'honneur de vous voir la première fois chez votre aimable amie. Chaque jour trompe l'espoir que j'ai de vous y rencontrer encore ; et, je le sens bien, le plus grand des malheurs qui puisse m'arriver désormais sera de croire que vous évitez ma présence. De vous, oui, de vous seule dépend le bonheur ou le malheur de ma vie. Ah ! que ne pouvez-vous lire dans mon cœur ! que ne pouvez-vous y voir combien vous m'êtes chère ! Eh ! pourriez-vous ne me l'être pas, vous qui comptez autant d'admirateurs qu'il y a d'hommes assez heureux pour vous connaître. Et tant de grâces, tant de charmes unis à l'esprit, à l'âme de la plus sensible, au caractère le plus doux le plus égal, pourraient-ils ne pas vous mériter les hommages de tout être honnête et délicat ? Recevez, oh ! je vous en conjure, recevez le don que je vous fais sans réserve de mon cœur, et croyez que rien ne pourra égaler mon amour, que l'estime et le respect avec lesquels je suis pour la vie,

Votre, etc...

Réponse.

S'il ne fallait que dire des choses infiniment honnêtes et obligeantes pour persuader, personne n'y réussirait sans doute mieux que vous; mais je me plais à croire que, d'après l'opinion avantageuse que vous vous êtes faite de mon caractère, vous ne verrez rien que de très-naturel dans la prière que je vous fais de laisser au temps à décider mon opinion sur votre compte. En attendant, agréez la seule chose qu'il me soit permis de vous accorder; c'est l'estime que ne peut vous refuser,

Votre, etc.

Lettre de plainte d'un amant à sa maîtresse.

Vous m'avez protesté cent fois, mon aimable

amie, que vous m'aimiez si tendrement que ce serait pour vous une peine extrême que de vous séparer de moi. Votre estime m'était devenue si agréable et si nécessaire, que je me serais fait un crime impardonnable de douter de la sincérité de vos sentiments. Mais, hélas! votre départ m'a ouvert les yeux, et votre silence me désabuse tout à fait. Je ne puis me rappeler, sans une sensible douleur, ce jour si joyeux pour vous et si triste pour moi, où vous m'embrassâtes avec un si grand contentement, que vous aviez peine à le contenir tout entier dans votre cœur : vous payâtes les larmes que je répandais, d'une sérénité de visage qui m'accablait de tristesse. Ah! sont-ce là les marques de cette amitié qui paraissait si tendre? Depuis le temps que vous m'avez quitté, je n'ai pas reçu un mot de vous! M'oublier aussitôt que vous m'avez perdu de vue!... Hélas! je ne le vois que trop, les nouveaux amis l'emportent dans votre cœur sur les anciens. Cependant, quelque injuste que vous soyez pour moi, votre oubli ne m'empêchera point d'être jusqu'au dernier soupir,

Votre, etc.

Réponse.

Vous avez le plus grand tort du monde, je vous assure, de me faire tant de reproches sur ma prétendue indifférence. J'ai été sensible, autant qu'on peut l'être, à toutes les marques de tendresse que vous m'avez données lors de mon départ: et si je vous ai paru si tranquille, c'était pour ne pas augmenter votre douleur, en vous laissant voir toute celle que je ressentais de quitter un ami aussi aimable que vous. Non, mon cher, je ne vous ai point oublié. Si vous n'avez pas eu de mes nouvelles plus tôt, c'est que je voulais vous mander comment je me trouvais dans ce pays; et au déplaisir près de ne point vous y posséder, je sens que je m'y accoutumerais aisément. Ma santé est parfaite, mais mon cœur souffre considérablement de ne pouvoir vous dire de bouche avec quelle amitié sincère je suis,

Votre, etc.

Lettre de plainte sur le mépris.

Il faut avouer, en vérité, que je suis bien malheureux de n'avoir jamais pu mériter pendant trois ans de services soutenus d'un zèle parfait et d'un attachement inviolable, que vous m'ayez témoigné la moindre satisfaction? Quoiqu'une telle récompense d'une personne de votre mérite soit d'un prix inestimable, j'osais me flatter qu'un dévouement pareil au mien autorisait ma prétention. Vous en userez toutefois comme il vous plaira : puisque j'aime une ingrate, il faut que j'apprenne à souffrir, n'ayant d'autre parti à prendre, dans ce cas, que de me dire affectueusement,

Votre, etc.

Réponse.

Vous avez beau me faire passer en tous lieux pour la plus cruelle et la plus dédaigneuse du monde ; lorsque vous tiendrez ces discours, ceux

qui vous entendront s'apercevront aisément que
vous êtes en colère; car, à moins de cela, ils
ne sauraient vous excuser, ni moi vous faire
grâce. Si vous vous fussiez donné la peine
d'étudier mes actions depuis que j'ai l'honneur
d'être connue de vous, vous auriez sans doute
une meilleure opinion de moi que vous affectez
de ne l'avoir; mais mon malheur veut que vous
ne me traitiez de la sorte qu'en perdant le souvenir de la satisfaction avec laquelle je suis et
serai toujours

Votre, etc.

Lettre pour se plaindre d'une inconstance.

Je n'aurais jamais cru qu'après tant de protestations de fidélité vous pussiez perdre jusqu'à
la mémoire de les avoir faites. Votre inconstance m'a d'autant plus touché que je ne l'ai
jamais prévue. Mais il faut suivre de bonne
grâce vos lois : en me disant que c'est votre humeur, vous m'imposez silence. Vivez donc con-
tente avec votre nouvelle conquête, et sachez

5

que, de tous les adorateurs que votre légèreté vous acquerra, vous n'en trouverez jamais un seul qui soit avec autant de zèle que j'ai été

Votre, etc.

Lettre de déclaration d'amour.

Mon goût et ma passion m'obligent à vous découvrir une chose qu'il ne m'est plus possible de vous taire. Déjà depuis longtemps je vous aime; mais si j'étais assez malheureux pour qu'après cette déclaration vous rejetassiez mes vœux, n'en doutez pas, vous me rendriez le plus à plaindre des hommes. Hélas! peut-on vous voir, vous entendre sans vous aimer? Ah! je vous en conjure, ne refusez pas deux mots de votre main à celui qui mettra tout son bonheur à vous plaire, et à se dire, avec autant d'amour que de sincérité,

Votre, etc

Déclaration d'un homme déjà sur l'âge.

Madame,

Le charme de la beauté est un éclair qui brille et meurt avec le caprice; mais les qualités morales fixent une âme délicate.

Je ne puis vous offrir les roses du printemps, déjà mon été s'avance; mais, dans l'automne même, il est encore des fleurs que le sentiment sait apprécier : j'en juge par quelques mots de votre charmante conversation, qui m'ont donné l'espoir de ne pas vous offrir en vain l'hommage de mes services et de mon tendre attachement.

Réponse de la dame.

Monsieur,

Je reçois, comme je le dois, toutes les choses agréables que vous voulez bien me dire. Ce qui me flatte le plus est ce sentiment pur qui paraît vous inspirer ; mais vous êtes aussi trop modeste : votre âge, comme le mien, est la saison des plus beaux jours. l'esprit, le goût, les affections, mûris par l'expérience, en assurent la délicieuse moisson, et les fruits d'une conduite estimable rendront votre automne encore plus précieux à la société.

Je cultiverai la vôtre avec plaisir, et je crois pouvoir, sans conséquence, vous donner des témoignages de ma parfaite considération.

Lettre du premier jour de l'an à une dame qu'on recherche en mariage.

Madame,

Recevez les vœux de l'amitié le plus sincère et la plus constante; ce sont les étrennes que j'ose vous offrir. Daignez me donner les miennes en m'accordant la permission d'aller vous présenter l'hommage d'un cœur aussi pur que tendre et respectueux.

Dans l'espoir d'une réponse favorable, j'ai

l'honneur d'être, avec la plus haute considération, Madame,

Votre dévoué serviteur.

Réponse de la dame.

Je vous dois, Monsieur, des remercîments
des vœux que vous m'adressez au nom ne l'a-
mitié, et je connais trop le prix de pareilles
étrennes pour vous refuser celles que vous me
demandez d'une manière si délicate. La permission de me faire un compliment est bien peu
de chose : vous y ajoutez un intérêt qui doit me
flatter, mais dont le succès dépend de cette
comptabilité de caractère qu'on ne peut apprécier que par la fréquente habitude de se voir, et
'en accepte l'augure avec plaisir.

Lettre après avoir reçu un aveu.

Puissances du ciel ! j'avais une âme pour la
douleur, donnez-m'en une pour la félicité.
5.

Amour ; vie de l'âme, viens soutenir la mienne prête à défaillir. Charme inexprimable de la vertu, force invincible de la voix de ce qu'on aime, bonheur. plaisirs transports, que vos traits sont poignants ! qui peut en soutenir l'atteinte ? Oh ! comment suffire au torrent de délices qui vient inonder mon cœur ? comment expier les alarmes d'une craintive amante ? Julie..., non ; ma Julie à genoux ! ma Julie verser des pleurs !... celle à qui l'univers devrait des hommages, supplier un homme qui l'adore de ne pas l'outrager, de ne pas se déshonorer lui-même ! Si je pouvais m'indigner contre toi, je le ferais, pour tes frayeurs qui nous avilissent. Juge mieux, beauté pure et céleste, de la nature de ton empire. Eh ! si j'adore les charmes de ta personne, n'est-ce pas surtout pour l'empreinte de cette âme sans tache qui l'anime, et dont tous les traits portent la divine enseigne ? Tu crains de céder à mes poursuites ! Mais quelles poursuites peut redouter celle qui couvre de respect tous les sentiments qu'elle inspire ? Est-il un homme assez vil sur la terre pour oser être assez téméraire avec toi ?

Permets, permets que je savoure le bonheur

inattendu d'être aimé..., aimé de celle... Trône du monde, combien je te vois au-dessous de moi! Que je la relise mille fois cette lettre adorable où ton amour et tes sentiments sont écrits en caractères de feu; où, malgré tout l'emportement d'un cœur agité je vois avec transport combien, dans une âme honnête, les passions les plus vives gardent encore le saint caractère de la vertu! Quel monstre, après avoir lu cette touchante lettre, pourrait abuser de ton état et témoigner, par l'acte le plus marqué, son profond mépris pour lui-même? Non, chère amante, prends confiance en un ami fidèle qui n'est point fait pour te tromper. Bien que ma raison soit à jamais perdue, bien que le trouble de mes sens s'accroisse à chaque instant, ta personne est désormais pour moi le plus charmant, mais le plus sacré dépôt dont jamais mortel fut honoré. Ma flamme et son objet conserveront ensemble une inaltérable pureté. Je frémirais de porter la main sur tes chastes attraits plus que du vil inceste; et tu n'es pas dans une sûreté plus inviolable avec ton père qu'avec ton amant. Oh! si jamais cet amant heureux s'oublie un moment devant toi!... L'amant de Julie aurait une âme abjecte ? Non , quand je cesserai d'aimer la vertu, je ne t'aimerai plus ; à ma première lâcheté, je ne veux plus que tu m'aimes.

Rassure-toi donc, je t'en conjure au nom de tendre et pur amour qui nous unit ; c'est à lui de t'être garant de ma retenue et de mon respect, c'est à lui de te répondre de lui-même. Et pourquoi tes craintes iraient-elles plus loin que mes désirs ? à quel autre bonheur voudrais-je aspirer, si tout mon cœur suffit à peine pour celui qu'il goûte ? Nous sommes jeunes tous deux , il est vrai, nous aimons pour la première et l'unique fois de la vie, et n'avons nulle expérience des passions ; mais l'honneur qui nous conduit est-il un guide trompeur ? a-t-il besoin d'une expérience suspecte qu'on n'acquiert qu'à force de vices ? J'ignore si je m'abuse, mais il me semble que les sentiments droits sont au fond de mon cœur. Je ne suis point un vil séducteur comme tu m'appelles dans ton désespoir, mais un homme simple et sensible qui montre aisément ce qu'il sent, et ne sent rien dont il doive rougir. Pour dire tout, en un seul mot, j'abhorre encore plus le crime que je n'aime Julie. Je ne sais, non, je ne sais pas même si l'amour que tu fais naître est compatible avec l'oubli de la vertu, et si toute autre qu'une âme honnête peut sentir assez tous tes charmes. Pour moi, plus j'en suis pénétré, plus mes sentiments s'élèvent. Quel bien, que je n'aurais fait pour lui-même, ne ferais-je pas maintenant pour me rendre digne de toi. Ah! daigne te confier aux feux que tu m'inspires et que tu sais si bien purifier; crois qu'il suffit que je t'adore pour respecter à jamais le précieux dépôt dont tu m'as chargé. Oh! quel cœur je vais posséder! vrai bonheur! gloire de ce qu'on aime, triomphe d'un amour qui s'honore, combien tu vaux mieux que tous ses plaisirs!

Lettre d'un jeune Homme à la Tante d'une Demoiselle.

Madame,

J'ai eu plusieurs fois, à votre connaissance, le bonheur de me trouver avec votre nièce. Je me suis souvent efforcé de profiter de ces occasions pour lui faire l'aveu d'un amour honnête et sincère; mais, prêt à parler, mes craintes l'ont toujours emporté sur mes espérances, et j'ai été obligé de différer. J'avoue que j'ai laissé échapper quelques mots qui semblaient tendre à mon but; mais la jeune dame ne les a pas compris, ou n'a pas voulu les comprendre. Me flattant que ma famille doit être près de vous une recommandation en ma faveur, j'ose vous supplier d'être mon avocat dans cette circonstance. Je désire ardemment de déclarer mon amour; mais ne sachant comment commencer, soyez assez bonne pour m'en procurer l'occasion. J'attends votre réponse avec impatience, et suis, etc.

Réponse.

Monsieur,

J'ai saisi l'occasion de parler à ma nièce relativement à l'affaire sur laquelle vous m'avez écrit. Je n'ai reçu nulle réponse positive ; mais, par la rougeur de son visage et par le trouble dont j'ai été témoin, je présume qu'il y a lieu d'espérer. Ayant ainsi aplani le chemin de l'amour, je vous laisse le soin du reste, désirant sincèrement, Monsieur, que l'affaire se termine à votre satisfaction et à celle de ma nièce.

Je suis, etc.

Lettre d'un jeune Homme timide à une Demoiselle.

Mademoiselle,

J'ai combattu longtemps la plus honorable et la plus respectueuse passion qui jamais ait rempli le cœur d'un homme. Souvent j'ai voulu vous la déclarer de vive voix, plus souvent encore j'ai tenté de vous écrire ; mais je n'ai jamais pu trouver assez de courage pour accomplir mon dessein. J'ai eu beaucoup de peine à garder mon secret : mon embarras a redoublé pour le révéler ; mais aujourd'hui je ne puis plus le retenir. Je vole avec ravissement pour vous voir, et, quand je jouis de ce bonheur, au lieu de me trouver animé, comme cela devrait être, j'éprouve, au contraire, un embarras qui m'ôte tout pouvoir de m'exprimer. C'est la défiance de moi-même, la persuasion de mon peu de mérite, la haute opinion que j'ai du vôtre, qui me donnent cette timidité. L'amour, dit-on, inspire du courage aux hommes et les excite aux plus nobles actions : qu'il opère différemment sur moi, puisqu'il m'ôte jusqu'à l'assurance nécessaire ! Toute romanesque que ma passion puisse vous paraître, croyez, Madame, à ma sincérité. Si l'excès du respect est un crime, il porte son châtiment avec lui. Il est inutile d'ajouter que mes desseins sont honnêtes : qui oserait approcher d'un objet aussi parfait avec des vues coupables ? J'ose me flatter que ma famille, mon état, ma fortune peuvent soutenir l'épreuve du plus sévère examen.

Daignez donc, Madame, encourager mon respectueux amour par une réponse favorable, et je serai à jamais votre, etc.

Réponse à un jeune homme timide.

Monsieur,

Tout le monde convient que la modestie est le plus grand ornement de mon sexe; et je ne vois aucune raison pour que cette qualité soit blâmable dans le vôtre. Il me siérait mal d'en dire davantage sur ce sujet, on me taxerait peut-être de présomption; si j'en disais moins, on pourrait m'accuser d'une réserve affectée, et je paraîtrais ne pas avoir pour le mérite modeste ce que le mérite modeste seul me semble exiger d'estime et d'égards.

Je suis, etc.

D'une fille à son père en lui faisant part d'une proposition de mariage.

Mon cher père,

M***, dont le père, suivant ce que j'ai appris, est une de vos plus intimes connaissances, m'ayant, durant votre absence, témoigné une

6

passion sincère, et m'ayant vivement pressée de répondre à ses propositions de mariage, j'ai cru de mon devoir d'écarter toutes offres de cette nature, quelque avantageuses qu'elles me paraissent, jusqu'à ce que j'eusse reçu votre opinion sur une affaire aussi importante; je dois me conduire entièrement d'après votre jugement supérieur et suivant vos conseils, soit qu'ils encouragent ou désapprouvent mes vœux. Je prendrai néanmoins la liberté, et avec soumission, de vous exposer avec franchise mes vrais sentiments à l'égard de ce jeune homme : il paraît avoir les intentions les plus honorables et n'être inférieur à aucun des jeunes gens que je connaisse, ni pour le bon sens, ni pour les manières distinguées. Je vous assure, mon cher père, que je recevrais avec plaisir ses hommages; s'ils obtenaient votre consentement et votre approbation. Votre conseil le plus prompt sur un sujet qui m'intéresse autant sera, mon cher père, la faveur la plus précieuse pour votre très obéissante fille.

Réponse du père à sa fille.

Ma très-chère fille,

Je désire depuis longtemps de vous voir heureuse avec un homme de mérite ; je ne voudrais nullement traverser ou forcer vos inclinations. Loin de moi la pensée de désapprouver une alliance digne de vous ! Je connais la famille du jeune homme dont vous parlez, et je ne doute point qu'une telle alliance ne nous soit à tous également agréable. Soyez donc persuadée que mon retour à la maison sera aussi prompt que possible, pour vous prouver combien je suis ma chère fille, votre très-affectionné père.

A une demoiselle, au bout de quelque temps

Mademoiselle,

J'espère que vous me permettrez actuellement de vous parler d'un sentiment que, pour satisfaire à votre désir, je me suis efforcé (non sans peine) de réduire au silence. Je me flatte que vous avez des preuves convaincantes de ma sincérité, et que vous êtes persuadée que des vues intéressées n'ont jamais dicté mes propositions. Je déclare avec franchise que mon cœur ne s'était jamais trouvé dans l'état où il est : mais cette vive sensibilité, cet amour susceptible de tous les sentiments délicats, m'excitent à vous avouer mon insurmontable aversion pour les formalités fastidieuses qui sont trop souvent en usage; formalités, m'a-t-on dit, qui se prolongent quelquefois au point de rebuter l'amour même et de le changer en indifférence. Ma passion est plus ardente qu'aucune autre; et je vous proteste que véritablement je ne puis plus vivre sans vous. Je suis, etc.

Réponse.

Monsieur,

Je n'aime pas plus que vous les vaines formalités; mais notre connaissance ne date que de six mois : c'est un espace de temps bien court pour juger sainement du caractère de quelqu'un, et je puis vous assurer, Monsieur, que je désire que l'homme destiné à être mon mari puisse me connaître parfaitement pendant qu'il me fera sa cour. Permettez-moi donc d'éviter toute autre explication, jusqu'à ce que nous nous connaissions mieux, et que vous vous soyez expliqué en termes plus positifs. Il y a quelque chose de si singulier, de si original dans votre manière de vous exprimer, que je serais fort embarrassée de décider si vous parlez sérieusement, ou si vous ne m'avez écrit que pour vous amuser. Dans quelque temps, je serai peut-être plus en état de juger de votre passion et de vous faire une réponse concevable. je ne puis dire quelle influence vos hommages futurs auront sur moi ; mais, à parler vrai, votre présente tentative n'a fait nulle impression sur le cœur de votre, etc.

Réponse de la même à une autre lettre.

Monsieur,

Puisque nous n'avons pas plus de dispositions l'un que l'autre à perdre le temps en vaines cérémonies et en compliments insignifiants, je crois convenable de vous dire en termes clairs que, quoique mes parents soient morts, le don de ma main ne dépend pas entièrement de moi; car, selon le testament de feu mon père, il m'est enjoint de ne rien faire d'important sans le consentement et l'approbation de M***. Il est mon conseil dans toutes les occasions, et c'est un homme d'une probité si reconnue, que je suis déterminée à me conduire toujours par ses avis. Je crois devoir vous avouer avec candeur et franchise que vous me convenez parfaitement. Si donc vous jugez à propos d'aller trouver mon tuteur, faites-lui part de vos propositions; et, si je vois qu'il les approuve, j'encouragerai avec plaisir une passion que je crois aussi sincère qu'elle m'est honorable. Je suis, etc.

D'un plaisant à sa maîtresse.

Madame,

Je prends la liberté de vous assurer qu'il

faut absolument que vous vous arrachicz les yeux, ou que je crève les miens ; c'est une vérité ; il faut que vous soyez moins belle, ou il faut que je devienne aveugle ; c'est encore une vérité. Quoique ma passion soit aussi violente que celle de tout autre amant puisse l'être, j'espère que vous ne vous attendez pas à me voir me noyer ou me pendre : croyez-moi, Mademoiselle, je ne ferai certainement ni l'un ni l'autre. Ce serait prouver que j'ai bien peu de sens et bien peu de connaissance de votre mérite, si je montrais la moindre inclination de quitter ce monde tant que vous y resterez. A parler franchement, Mademoiselle, je préfère infiniment le bonheur de vous voir à la gloire de mourir pour vous ; j'ai, d'ailleurs, trop bonne opinion de votre jugement pour ne pas être persuadé que vous aimez mieux un amant en vie qu'un amant mort ; des lèvres brûlantes, prêtes à imprimer mille baisers, que des lèvres froides et closes pour jamais. Cependant, Mademoiselle, s'il faut que je meure, je vous prie, tuez-moi à force de bontés et non par vos rigueurs ; j'aime beaucoup mieux mourir dans vos bras qu'à vos pieds. Si vous étiez tendrement portée à me donner une mort de cette espèce, je suis prêt à la recevoir immédiatement, dans telle partie de la France qu'il vous plaira ; indiquez-moi seulement et le temps et le lieu et je ne manquerai pas de voler à la rencontre de ma belle meurtrière. Je suis pour jamais, etc.

D'un amant à son père sur son peu de succès.

Mon très-cher père,

J'ai, il y a quelque temps, suivant votre avis et vos désirs, présenté mes hommages à Mademoiselle N. ; je m'étais attendu, d'après les nombreuses qualités attribuées à cette jeune demoiselle, qu'elle me témoignerait au moins des égards ou de la politesse : elle m'a paru, au contraire, non-seulement réservée, mais encore, dans plusieurs occasions, froide et sévère ; cette conduite, vu le profond respect que j'ai montré, me paraît non méritée. Je n'ai pas cependant voulu la juger trop précipitamment, j'ai laissé écouler quelques jours avant de retourner chez elle. Cette fois, sa conduite a été contrainte, sans le moindre mélange de cette aisance et de cette honnête liberté qui sont ordinairement le résultat d'une bonne éducation. Malgré cela, j'ai essayé de lui parler de mon objet principal; mais elle a pris à tâche de m'interrompre sans cesse par les propos les plus frivoles et les plus étrangers à ce que je voulais dire. Si, pour amener l'aveu de mon hommage, je commençais à louer sa beauté, sans m'écouter elle vantait l'Italie; si j'exprimais mon admiration pour ses attraits, elle demandait ce qu'on donnait le soir au spectacle. Quand enfin je lui ai déclaré mon amour, elle a répondu qu'elle voudrait bien savoir quand la guerre serait terminée. C'est ainsi qu'elle m'a toujours interrompu, soit par des phrases déplacées, soit en appelant ses gens sous les plus vains prétextes, soit en courant à son clavecin, puis fredonnant un air, puis regardant par la fenêtre; en un mot, en me donnant mille preuves d'indifférence et de mépris. J'ai persisté en dépit de cela; j'ai parlé de mon ardeur, du pouvoir irrésistible de sa beauté (car la flatterie, je le crois, plaît à toutes les femmes), j'ai imploré une répouse favorable : elle s'est mise à rire, à chanter, à jouer, et m'a traité avec encore plus de froideur et d'inattention qu'elle n'avait fait : à la fin, plein d'indignation, je me suis permis quelques remarques un peu vives sur sa conduite, et j'ai pris congé d'elle, bien déterminé à ne la revoir jamais.

Je soumets à votre considération les manières extraordinaires de cette jeune personne; je vous prie de me faire savoir si vous pensez que j'aie agi convenablement. Votre, etc.

Réponse.

Mon cher fils,

Vous ne connaissez pas les femmes. Mademoiselle N. est une personne d'un excellent caractère, et, malgré ce que vous m'écrivez d'elle, j'ai toujours la même opinion de son mérite. Je regarde sa conduite comme un plan adopté par elle pour vous éprouver à fond; elle avait certainement autant de droit d'être gaie et enjouée que vous d'être plein d'indignation. Vous ne devriez pas être si prévenu entre votre faveur, ni supposer gratuitement que des liaisons de famille, ou même votre mérite personnel, fussent des titres pour obtenir d'elle de l'attention et des égards. Une femme de bon sens ne se laisse point prendre par surprise, ni même par les formalités ordinaires de la galanterie. Il lui faut du temps pour lire dans un cœur et donner des preuves de sa sincérité et de sa tendresse. Ce ne sont point les grâces extérieures, ni l'agrément des manières, mais les qualités de l'âme, qui recommandent un amant à l'estime d'une personne douée de jugement et de sagacité. Mademoiselle N. possède l'un et l'autre ; je vous conseille donc de renouveler vos hommages d'une façon plus soumise et plus persuasive, soutenue d'arguments sages et de déclarations franches et honnêtes. Vous pourrez alors ne pas désespérer du succès ; mais cette flatterie dont vous confessez que vous avez fait usage doit nécessairement offenser les oreilles de toute femme raisonnable. Soyez certain que, si vous parvenez à obtenir la main de cette jeune personne, vous vous assurerez une épouse estimable, qui rendra votre sort aussi heureux que digne d'envie.

Je suis, etc.

Reproches, soupçons jaloux.

Je ne puis vous dissimuler davantage, Mademoiselle, combien j'ai été affligé en remarquant la versatilité de vos sentiments à mon égard. Je n'ose encore cependant soupçonner votre fidélité, votre amour; sans doute aussi vous n'oseriez trahir le mien... Ah! chère et belle *Aurélie*..., il est donc vrai que vous ayez refusé un moyen de me voir?... Et c'est ainsi que vous m'aimez!... Une si courte absence a bien changé vos sentiments. Mais pourquoi me tromper? pourquoi me dire que vous m'aimez toujours, que même vous m'aimez davantage? L'absence, en détruisant votre amour, aurait elle donc aussi détruit votre candeur? Si, au moins, elle vous a laissé quelque pitié, vous n'apprendrez pas sans peine les tourments affreux que vous me causez; ah! je ne croirai plus jamais à l'amour, à la bonne foi, puisque la naïve Aurélie semble vouloir me tromper?... Eh! que peut-on croire si Aurélie trompe?

Répondez-moi donc, est-il vrai que vous ne m'aimez plus? Non, cela n'est pas possible : vous vous faites illusion; vous calomniez votre cœur. Une crainte passagère, un moment de découragement, mais que l'amour a bientôt fait disparaître, n'est-il pas vrai, Aurélie? Ah! sans doute, et j'ai tort de vous accuser. Que je serais heureux d'avoir tort! Que j'aimerais à vous faire de tendres excuses, à réparer ce moment d'injustice par une éternité d'amour!

Aurélie! Aurélie! ayez pitié de moi! Consentez à me voir ou du moins à m'écrire, prenez-en tous les moyens! Voyez ce que produit l'absence, des craintes, des soupçons jaloux, des reproches, peut-être de la froideur...; un seul regard, un seul mot, et nous serions heureux!

Mais quoi! puis-je encore parler de bonheur, peut-être est-il perdu pour moi, perdu pour jamais. Tourmenté par la crainte, cruellement pressé entre les soupçons injustes et la vérité plus cruelle, je ne puis m'arrêter à aucune pensée; je ne conserve d'existence que pour souffrir et vous aimer... Ah! chère *Aurélie*, vous seule avez le droit de me la rendre chère, et j'attends,

du premier mot que vous prononcerez, le retour
du bonheur ou la certitude du désespoir.

Réponse.

Je ne conçois rien à votre lettre, sinon la
peine qu'elle me cause. Qu'est-ce donc qui a pu
vous faire croire que je ne vous aimais plus?
cela serait peut-être plus heureux pour moi, car
sûrement j'en serais moins tourmentée, et il est
bien pénible, quand je vous aime comme je le
fais, de voir que vous croyez toujours que j'ai
tort, et qu'au lieu de me consoler ce soit de vous
que me viennent toujours les peines qui me font
je plus de chagrin. Vous croyez que je vous
trompe et que je vous dis ce qui n'est pas! vous
avez là une jolie idée de moi! Mais, quand je
serais menteuse comme vous me le reprocher,
quel intérêt y aurais-je? Assurément, si je ne
vous aimais plus, je n'aurais qu'à le dire, et
tout le monde m'en louerait; mais, par malheur,
c'est plus fort que moi, et il faut que ce soit
pour quelqu'un qui ne m'en a, pas d'obligation
du tout!

Qu'est-ce que j'ai donc fait pour vous fâcher? j'espère que bientôt nous pourrons nous voir, que nous cesserons de souffrir des tourments de l'absence; car c'est sans doute cela qui vous rend grondeur et jaloux. Vous me reprochez sans cesse la versatilité des mes sentiments; tout cela n'est que dans votre imagination. Ne dois-je donc, pour vous complaire, ne prendre aucun soin de ma réputation et recevoir sans précaution vos lettres du premier venu? Quelle opinion auriez-vous bientôt de moi si j'agissais ainsi?

Pour être un jour une épouse estimée, il faut avoir été une amante estimable. J'accorde beaucoup, j'accorde même trop peut-être à votre amour tyrannique; mais tels reproches que vous m'écriviez, je ne perdrai jamais votre estime ni la mienne. Calmez, calmez vos inquiétudes, je serai toujours fidèle à celui qui a reçu mes serments et ma foi. Que puis-je vous dire de plus? Est-ce assez me désarmer devant un sexe qui manque trop souvent de générosité, quand il s'est convaincu de l'empire qu'il exerce sur nous?...

Je voulais vous gronder, et mériter vos injustes reproches, et voilà que je vous fais de nouveaux aveux!... Que, du moins, ils enchaînent votre délicatesse et vous rendent digne de mes bontés. Je ne dissimule pas que l'austère pudeur me blâme, mais, du moins, quand la sincère Aurélie sera votre épouse, ne pourrez-vous jamais lui reprocher une réserve, une pruderie calculée, froide et incompatible avec une sincère tendresse!

Vous aurez, méchant, jaloux, grondeur, encore une lettre demain...; et de l'amour?... toujours!

Lettre de reproches

OBSERVATION. A moins qu'un amant n'ait des motifs très-graves de récriminer contre sa maîtresse et qu'il veuille tout à fait rompre avec elle, il doit, à travers les expressions les plus amères de son juste dépit, laisser toujours entrevoir l'amour ardent qu'il a pour elle, et tels fondés que soient ses ressentiments, il faut se garder de faire dégénérer sa mauvaise humeur en outrages, ne perdant jamais ici de vue le respect et les égards qu'il doit, dans tous les cas, au beau sexe.

Mademoiselle,

Vous affectez de vous jouer de mes plus chers intérêts, cruelle *Évélina*, ceux de ma vive et fatale tendresse; aux larmes que vous m'avez vu répandre, vous opposez un rire inexorable, et payez des pleurs avec des sarcasmes!.... Ah! est-ce ainsi qu'une femme tient à sa propre estime, et doit reconnaître la fidélité malheureuse de l'amant qui fut toujours si soigneux de vous plaire?... Moi qui verserais tout mon sang pour conserver vos jours, et fis sans cesse de mon amour une espèce de religion sacrée, de mes sentiments un culte, de votre personne une idole et de votre demeure un temple, vous me sacrifiez, *Évélina*, aux vains triomphes de la vanité! Entourée au salon d'un vain essaim de jeunes étourdis qui se complaisent à réfléchir leur amour-propre dans le vôtre, auriez-vous donc la bonhomie de croire à leurs galantes impostures?... Votre esprit sémillant, peut-être plus occupé des succès d'une enfantine coquetterie

que des fruits d'une sage observation, n'aurait-
il pas remarqué ces fashionnables, ces papillons
de boudoir, qui, ivres de leurs parures, bouffis
de leurs jabots, de leur sot orgueil, mais creux
de cervelle, ne vous entretiennent, dans leurs fa-
daises prétentieuses, que d'un long mensonge?...
Détrompez-vous, détrompez-vous, *Evélina*, ce
n'est plus *l'amant*, c'est *l'ami* qui vous donne
ce charitable conseil; croyez-moi bien, *ces pou-
pées masculines* n'aiment qu'elles; et lorsqu'un
de ces fats ridicules, après vous avoir toisée de
son impudent lorgnon, vous dit que vous êtes
jolie, qu'il vous adore, eh bien! tout cela veut
dire, traduit fidèlement : « *Je suis très-bien et
vous ne devez aimer que moi.* »

Ah! pour votre honneur, cessez d'être là dupe
de ces petits-maîtres, qui, dans leur jactance,
vous destinaient déjà à décorer leurs nombreux
trophées, à augmenter la quantité de leurs or-
gueilleuses conquêtes. C'est l'amitié, je vous le
répète, qui vous donne cet avis; car souvent
notre amour-propre nous aveugle à un tel point,
que nous prenons quelquefois des mystifica-
tions pour des hommages. Non pas, *Evélina*,
que je ne convienne avec tout le monde que

vous êtes charmante; mais une femme jolie; tout en comptant cent adorateurs, n'a souvent qu'un véritable amant. Cet amant, vraiment fidéle, délicat, sensible, qui pourrait se flatter de l'égaler en moi?.... Cependant, depuis quelques jours, vous m'immolez sans cesse aux plus futiles caprices, et, n'ignorant pas que l'excés de ma tendresse me rend extrêmement jaloux, ombrageux, vous vous faites un cruel plaisir d'exciter ma jalousie par mille coquetteries méditées. Si ce n'est votre voix perfide qui distille ces décevants poisons, ce sont *vos regards étudiés, minaudiers* même (pardonnez-moi l'expression), qui dispensent l'espérance à une foule de fats dupes de ce manége, toujours funeste à la renommée d'une femme, qui doit faire plus de cas de l'estime qu'elle inspire que des dupes qu'elle fait. Cette réflexion vous paraîtra peut être un peu dure, et c'est cependant mon sincère amour pour vous qui l'a dictée. Je ne suis point, *Evélina*, de ces amants vulgaires et flatteurs qui, loin d'avertir leurs maîtresses des écueils où leur inexpérience peut les faire tomber, se réjouissent, au contraire, en secret de leur chute et de leurs erreurs, espérant en profiter eux-mêmes... Non, je veux que ma tendresse soit approuvée par mon estime, et la mienne est assez vive pour risquer, en ce moment, de vous déplaire par des reproches sans détours.

Quel amant d'ailleurs ne serait pas indigné de vos caprices et de votre conduite? Un jeune étranger est admis, accueilli dans votre famille (*ici l'amant qui a des motifs pour se récriminer, pour quereller sa maîtresse, expose ces mêmes motifs*), et parce que ce jeune homme est assez joli garçon, élégant, qu'il arrive de Paris où il a fréquenté les spectacles et le beau monde ; que dis-je? il a causé avec le singe *Jocko* (Mazurier), vu l'incendié du bazar, le nouvel Opéra, et est bigarré des modes les plus nouvelles, voilà que votre jeune cervelle s'enflamme pour ces riens!... De suite je suis oublié, inaperçu, comme un triste habitué de votre salon, à peine digne d'entendre les merveilles de votre navigateur, qui a fait, dit-il, deux fois le voyage de Paris à Saint-Cloud dans un bateau à vapeur!... Ah! cette étourderie, ce manque d'égards ne sont pas pardonnables !

Comment! depuis un an révolu, je vous entretiens de ma fidélité, de ma tendresse! Vos parents, les miens sourient à notre prochaine union; nos fortunes se conviennent; portraits, cheveux, lettres précieuses que j'ai couverts mille fois des baisers les plus ardents..., tout m'assure un bonheur certain et sans nuage... Avant-hier encore, votre bouche, ce petit temple de rose qui ne devrait asile au mensonge, me jurait une constance, une fidélité à toute épreuve; et point du tout. Parce qu'un étranger recommandé par votre oncle, vient ici étaler ses sottises, ses breloques bruyantes et ses parures nouvelles du Palais-Royal, *Évélina* ne voit plus que lui; *Évélina* n'a pas même la pénétration de pressentir que cet orgueilleux personnage, tout fraîchement débarqué de la capitale, méprise en secret de petits provinciaux qu'il daigne honorer un instant de sa brillante oisiveté!

Que devient donc le véritable amour dans cet aveuglement?... Peut-être, ingrate, reconnaîtrez-vous, mais trop tard, le prix du mien au jour du repentir et des regrets!... Au surplus que m'importe, en mettant nos liaisons, naguerre si délicieuses, à leur plus haut degré l'infortune! Penseriez-vous que, comme vous, on ne saura pas vaincre une passion fatale?... Coquettez donc désormais tout à votre aise: car, si mon cœur toujours lâche ne pouvait secouer

le joug de votre puissant souvenir, si vos attraits conservaient sur tous mes sens la même
tyrannie, apprenez toutefois que je parviendrai
à vous taire mes faiblesses ; et, pour vous en
donner une première preuve, je vous renvoie
ces missives, dépositaires de vos faux serments ;
j'y joins vos cheveux, surtout votre portrait ;
vos traits enchanteurs y expriment la constance,
la bonté, la douceur, mais vous mentez ainsi
que la miniature, et je ne puis rien avoir de ce
qui pourrait me rappeler la mémoire d'une
perfide.

Réponse.

Vous avez beau, monsieur, imputer à votre
prétendu amour, ainsi qu'aux motifs d'une
juste jalousie, votre insolente missive, toute
votre conduite prouve que vous n'avez jamais
eu pour moi ni estime ni véritable tendresse.
Un amant vraiment épris n'aurait pas rompu si
brusquement sur de simples apparences. Loin

de m'affliger de l'événement qui a donné lieu à vos insolens procédés, je m'en réjouis, au contraire, puisque, sans cette légère circonstance, j'aurais peut-être ignoré longtemps encore quel était le fonds odieux de votre caractére. Sous le voile de perfides adulations, l'amant ne se cache que trop souvent à sa maîtresse, ce n'est que devant l'épouse qu'on dépose un bandeau importun. Heureusement pour Évélina que vous vous êtes démasqué avant qu'un funeste hymen ne rendît nos liens indissolubles. Cependant n'auriez-vous pas pu vous épargner les outrages, les invectives et toute l'ironie dont vous avez sali votre lettre ?... Mais non, je vous dois, au contraire, des remercîments, car vous avez la générosité de me renvoyer tous les gages de mon imprudente tendresse, et me préservez du moins du danger qu'il y avait à laisser de pareils titres entre vos mains... Un *autre*, ingrat, en saura mieux connaître le prix, *un autre* me vengerait même, si je l'exigeais, d'un affront que mon sexe pardonne rarement; mais me venger serait laisser supposer que je suis profondément blessée de l'injure, tandis qu'à bien prendre je n'y vois pour l'avenir que des motifs de joie puisque je rentre dans toutes les douceurs d'une liberté et d'une paix que vos tyranniques soupçons troublaient sans cesse. Allez, monsieur, j'achève de vous dégager de tous vos serments ; et, pour que rien ne manque à une rupture qui me permet *un choix plus digne...* je vous envoie également en échange votre portrait, vos bagues, vos présents et surtout vos lettres, galimatias ennuyeux, où la manie de briller et de viser aux effets domine beaucoup plus qu'un sentiment sincère. Trop heureuse désormais d'accorder toute mon attention aux propos charmants et spirituels de *l'aimable étranger.* qui plaît sans prétention, et ne fait pas du prétexte de son attachement un droit de persécuter les gens.

Adieu pour toujours.

L'irréconciliable ÉVÉLINA.

Ce..

Le premier aveu de l'amour à une très-jeune demoiselle.

Mademoiselle,

Je ne sais encore si je dois appeler bonheur le premier moment que je vous vis, puisque, depuis ce même instant, j'ai le cœur oppressé des plus douloureuses agitations : toutefois, malgré mes tourments, je sens un secret plaisir à les savourer, je ne les échangerais même pas contre toute autre félicité qui vous serait étrangère, tant je trouve de charmes à me pénétrer de tout ce qui est *vous*. Quel éclair rapide a donc répandu cet enchantement dans tout mon être?... une seule entrevue bien fortuite encore : c'était aux Tuileries, près la terrasse des Feuillants ; le jour, le lieu, l'heure, la minute sont gravés en traits de feu dans ma mémoire : vingt fois j'ai passé sur la promenade, sur la verdure que vos pieds ont foulée, et il me semble que l'air est encore embaumé de votre haleine.

Pourquoi rappellerai-je le second entretien que vous daignâtes m'accorder chez madame votre tante Dorfeuil? Ne suffit-il pas de vous voir, de vous contempler une seule fois pour ne plus former qu'un vœu, celui de mettre sa fortune et son sort à vos pieds? Je vous aimais, oui, j'en fais à vos genoux le plus respectueux aveu; aussitôt que je vous vis, vos grâces naïves, l'élégance de votre taille, cette physionomie fine, jolie et spirituelle qu'il n'est pas possible de fixer sans danger, cet air charmant qui accompagne tous vos mouvements, ont porté dans mes sens la plus forte séduction; elle n'a fait qu'augmenter quand vous m'avez accordé l'honneur de votre conversation. En effet, qui pourrait rester insensible en goûtant un sens, un discernement exquis, dont la douce expression coule gracieusement à travers des lèvres de rose et des dents d'émail? Décidez donc du destin d'un homme qui met en tremblant sa fortune entre vos mains. C'est un cœur sensible, honnête et délicat qui vous est offert, et dont le premier mérite est d'avoir su vous choisir, cependant, soigneux, à l'excès, de vous plaire, je ne ferai aucune démarche près de vos parents sans votre aveu. Je ne demande d'ailleurs d'autre faveur, avant celle inexprimable d'obtenir otre main, mademoiselle, que d'être connu plus particulièrement de vous par l'accès qu'on m'accorderait dans votre respectable famille. Quand vous saurez jusqu'à quel point je vous aime et vous estime, auriez-vous la cruauté de mettre au désespoir celui qui se plaît ici à se déclarer.

Mademoiselle,

Le plus sincère adorateur de vos charmes, etc.

Réponse d'une demoiselle qui sait se respecter et sait mieux écouter sa réputation que sa vanité.

Monsieur,

Je ne puis être que très étonnée que vous ayez pris la liberté de vous adresser directement à moi, dans une matière aussi délicate, et où mes parents doivent d'abord être les premiers consultés. Bien loin de pouvoir en rien autoriser votre conduite, j'ai l'honneur de vous déclarer que la mienne a toujours été subordonnée à leurs volontés. Je ne fais pas un pas sans leur approbation. Il ne m'appartient donc point de faire admettre quelque étranger dans la société de mes parents ; mon âge d'ailleurs me permettrait-il de faire un choix digne d'eux ? Non, je dois m'en rapporter à leur expérience et me confier entièrement à des guides aussi éclairés. Je ne le dissimulerai pas ; je sens même que je blesse peut-être les convenances, en répondant à une déclaration aussi hâtive que la vôtre ; au surplus, je me justifie dans la pureté de mes sentiments ; et d'un autre côté, si j'ai pris la plume, c'est, en grande partie, pour vous prier de ne donner aucune suite à cette correspondance, si vous voulez conserver dans mon estime les sentiments d'amitié dont vous paraissez digne. N'exposez donc pas désormais vos lettres à un refus désobligeant, et songez que l'on doit toujours être esclave des égards quand on se dit épris d'une passion respectueuse.

Je suis, etc.

Nouvelle déclaration d'amour d'un autre style.

Mademoiselle,

Ma position est d'autant plus pénible, que très peu fécond en traits d'esprit, je ne sais qu'aimer et point du tout le dire. Pénétré des plus vifs sentiments que l'amour puisse faire éprouver, l'expression meurt sur mes lèvres quand je vous approche; dans mes yeux, quand je vous regarde. Elle expire encore ici sous ma faible plume, qui ne fait que tracer bien maladroitement toute la passion respectueuse que vous m'avez inspirée. Tel Sargines, épris des plus nobles feux, ne savait qu'en gémir, se trouvant indigne de sa belle maîtresse! Si je puis me consoler de la sécheresse de mon imagination qui seconde si mal les vœux les plus chers à mon cœur, c'est en me rappelant que la pensée la plus spirituelle n'est trop souvent que le masque de l'imposture, et que l'amour

vrai ne fit jamais d'esprit. Laissons donc aux
romant..ers, toujours pleins d'une factice ivresse, —
l'harmonie, l'exagération des phrases dans la
peinture d'un sentiment ennemi de l'art et qu'ils
ne connurent jamais; consentons toutefois à
goûter *Saint-Preux* comme écrivain *Demous-
tier* comme bel-esprit; mais revenons à la nature qui dit fort mal lorsqu'elle sent sincèrement. Pour moi, qui ne connais pas l'amour par
des mots symétriquement arrangés, mais bien
aux vives et profondes impressions que j'é-
prouve, mademoiselle, je préfère encore me déclarer ici votre respectueux et sincère amant
dans le désordre d'une prose incorrecte, que
de vous parler d'un faux amour en habile poëte.
Vous le voyez, ma déclaration est sans art,
sans apprêt; c'est un cœur délicieusement sub-
jugué, mais qui ignore la manière d'exprimer
sa douleur sur la blessure qu'il a reçue, qui
vous est respectueusement offert; seriez-vous
donc assez cruelle pour opposer de la coquetterie et du manége aux hommages d'un aman
qui avoue sa défaite et demande encore de
nouveaux fers, tant sa chaîne lui est chère!
J'aime à me flatter, quoique je redoute à

l'excès la charmante malignité de votre esprit, l'aimable vivacité de votre imagination : ne devez-vous pas, par pitié, me sortir de mes cruelles incertitudes? Tel affreux que sera mon arrêt, il faut que je sache ce que j'ai à craindre ou à espérer. Que votre bouche décide donc, elle ne cessera point d'être jolie, même en prononçant mon malheur... Alors j'abandonnerai les plus aimables chimères auxquelles l'esprit puisse se livrer, je cesserai de songer sans cesse à ces liens indissolubles que, dans les plus jolis *Châteaux en Espagne*, je me plaisais à serrer avec un être charmant... Je renoncerai au bonheur... que dis-je? à la vie même, du moment que je ne pourrai plus me déclarer, avec quelque espérance,

Votre amant le plus passionné et le
plus respectueux, etc.

D un jeune homme à l effet d demander une entrevue mystérieuse.

Mademoiselle

J'avais toujours pensé que l'amour, qu'on m'avait peint sous des traits si puissants, n'était redoutable que pour des esprits naturellement langoureux et romanesques ; c'est en vous voyant, c'est en admirant dans vos attraits an des plus aimables ouvrages de la nature, que je me suis convaincu que mes opinions téméraires étaient bien erronées. Oui, tous mes orgueilleux sophismes n'ont pu me défendre d'un charme irrésistible ; j'avais audacieusement bravé l'amour, l'amour vient de me punir, en déployant à mes yeux éblouis toute sa puissance dans un objet vraiment enchanteur. Je n'aurai donc plus l'injustice de railler nos auteurs sur leurs héros enthousiastes, puisque moi-même, je pourrais leur servir de sujet le plus docile. Je douterai encore moins désormais de ces passions comme électriques, qui semblent tenir du destin et vous frappent subitement d'une profonde blessure; j'ai reçu le trait trop avant pour être incrédule encore. Oui, l'on aime à la première vue, on adore pour la vie celle que l'on n'a vue que comme une ombre rapide; vous en êtes la preuve, objet charmant, puisqu'il a suffi de quelques minutes pour décider de mon sort. En effet, qui eût pu résister au charme qui semblait régner dans tous vos mouvements? Tout ne concourait-il pas à me séduire? J'entre dans l'assemblée; en ce moment, à jamais gravé dans mon cœur, posé artistement sur un élégant sofa, vous pinciez sur la harpe un air délicieux de *Rose d'amour*, quelle attitude exquise, quelle douce mélodie! votre bouche exhalait des parfums dans l'air; vos doigts d'albâtre le remplissaient des accords les plus brillants.

Amour, amour, tu m'as perdu, si tu ne m'as fait sentir tes plus vives ardeurs que pour m'abandonner ensuite au désespoir d'une passion méprisée : daignez donc, belle Virginie, m'apprendre l'accueil que vous faites à cette sincère déclaration, ou plutôt n'écrivez pas, le papier n'est pas digne de recéler vos précieuses pensées ; c'est à l'amant le plus tendre, le plus respectueux qu'il appartient de les recueillir dans son sein comme un baume consolateur. Veuillez donc m'accorder un rendez-vous ce soir à six heures, dans le bosquet de votre jardin ; une écharpe de mousseline blanche, placée à votre balcon, m'annoncerait votre consentement ; alors je vous parlerais en liberté de ma flamme, de mes projets d'établissement, et vous verriez à vos pieds celui qui se déclare, pour la vie,

Votre plus tendre et plus res-
tueux amant, etc.

Tendres récriminations d'amour.

Mademoiselle,

Je ne puis vous dissimuler davantage mes vives inquiétudes. Naguère vous avez commencé mon bonheur en répondant amour pour amour, aveu pour aveu ; et depuis le moment de ces épanchements indicibles, où vos beaux yeux firent naître dans le cœur d'un amant les plus flatteuses espérances, vous semblez, dans votre nouvelle froideur, vous repentir d'une demarche que je devrais plutôt à l'importunité qu'à ma vive passion. Vous paraissez comme vouloir revenir sur vos pas et démentir des serments que vos véritables sentiments désavouent en secret. Vous ne laissez échapper aucune occasion de m'inquiéter et de me blesser cruellement. Depuis quelque temps, toutes mes actions ont, à vos yeux, un côté ridicule : passé-je à cheval sous votre fenêtre, j'affecte le roman et toutes les prétentions grotesques des preux chevaliers ; suis-je dans mon cabriolet, je suis de suite (du moins dans vos allusions piquantes) rangé au nombre de ces fats désœuvrés, toujours occupés *de l'administration* de leur cravate, et dont l'unique mérite provient de leur sellier et de leur tailleur. Je ne suis pas plus heureux en conversation, vous évitez la mienne. Hier encore, Clémentine, votre sœur, Edouard, votre aimable cousin, nous racontaient follement quelques détails sur la pièce nouvelle jouée au grand Opéra; aussitôt vous partez en laissant éclater sans ménagement votre cruel ennui. Mais on annonce M. Saint-Elme, le brillant Saint-Elme, ce présomptueux insupportable qui ne rit que pour montrer ses dents et croit être plaisant quand il n'est que calomnieux, et vous voilà aussitôt d'une humeur charmante : vous conviendrez que ces transitions ne sont pas flatteuses. Si j'avais moins d'amour, j'aurais moins de susceptibilité; tout ce qui paraît me menacer de m'enlever la plus légère partie de vos précieuses affections jette le désespoir dans mon âme; cessez donc de feindre le refroidissement, si effectivement vous n'êtes pas refroidie pour moi; surtout n'employez pas cette cruelle coquetterie qui me désespère : je me suis soumis sans réserve à votre empire; y aurait-il de la générosité à peser encore sur le poids des chaînes que je me suis plu à prendre? Je pourrais vous appliquer ce qu'Orosmane dit à Zaïre :

L'art n'est pas fait pour toi; tu n'en as pas besoin.

Comme je ne veux pas que vous me mettiez sur la ligne des *amants querelleurs*, je terminerai cette lettre, un peu grondeuse, par de nouvelles assurances de tendresse; car ne voyez-vous pas briller les plus vives étincelles du sentiment à travers ce faux masque de dépit? Allons, daignez me sourire, et je tombe à vos pieds pour y recevoir le pardon de vos propres caprices.

Réponse de la demoiselle, dans le dessein de calmer les fausses préventions de son amant.

Vous mériteriez bien que je devinsse cette coquette, insensible dont vous faites un si désobligeant portrait; que j'admirasse les belles dents de Saint-Elme, et les saillies tout à fait ingénieuses qu'il prodigue dans ses entretiens enjoués! Que je ferais bien encore de vous tourner le dos quand vous jouez le sentiment et la rêverie avec la petite comtesse, et que vous lui prenez la main avec tant d'afféterie ; quand vous la reconduisez à son équipage!..... mais, malgré vos injustices, je méprise trop le calcul en amour pour me venger par de si petits moyens. On ne me verra donc jamais, comme vous le fîtes encore hier, d'un style tout à fait mignard, prendre un bouton au bouquet d'Aglaé, *la belle et vertueuse cousine*, et faire de l'esprit usé sur l'épine et la rose.

Allez, monsieur le boudeur, j'aurais pu vous

9.

prévenir avec quelque raison dans vos reproches déplacés, mais je n'aurais jamais eu même l'idée de vous chagriner si vous-même ne m'en suggériez la pensée par vos piquantes agressions. Tyrans que vous êtes, vous vous adorez dans nous, et nous ne sommes la plupart du temps, messieurs, pour votre petite vanité, qu'un miroir caressant qui fait réfléchir docilement votre égoïsme. Je devrais, en effet, avoir une rancune tenace; mais vos maladies d'esprit me font vraiment de la peine, et il y aurait de la cruauté de ma part à ne pas prendre en considération la démence d'amour-propre à laquelle je vous vois en proie. Vous allez peut-être encore crier à l'ironie, jurer que je ne vous aimai jamais et autres folies qui agitent votre cerveau; eh bien, vous vous tromperiez encore beaucoup; sachez qu'on vous adore, qu'on vous idolâtre, qu'on languit de votre absence et qu'on brûle de faire tous les frais de la réconciliation. — Êtes-vous satisfait maintenant; mais répondez donc? que dites-vous de tant de fidélité et de soumission surtout? Pour mieux vous prouver ma tendresse inaltérable, je prête en ce moment un nouveau serment d'amour devant votre portrait. Mais comme il me regarde! elle n'est pas mordante

cette image comme l'original ; air doux et pate-
lin dans les premiers temps, voilà bien les
hommes. Exigence et despotisme, quand on fait
la folie de les aimer, vous reconnaissez-vous à
ce coup de crayon ? Mais il est temps de finir
cette petite guerre : en ennemi vainqueur et
généreux, j'offre la paix, mais à deux conditions
expresses : la première, que nous ferons ensemble un galant auto-da-fé de ces deux lettres qui
sont indignes de figurer dans nos précieuses
liaisons ; la seconde, que vous viendrez demain
au déjeuner, me baiser la main, *mais à genoux.*

---

*D'un Roger-Bontemps qui offre son cœur, sa
fortune et sa main avec une franche gaîté.*

Mademoiselle,

Je ne chercherai pas de belles phrases pour
vous apprendre que je vous aime, je n'entends
ri   aux fins discours, et j'ai toute ma vie exprimé
nettement ma pensée. A quoi sert d'ailleurs

de cl ercher dans sa tête les expressions de son amour, quand tout doit partir du cœur : c'est là le vrai livre de la nature, il ne demande pas d'étude celui-là : le sentiment l'a composé et la naïveté lui a prêté ses grâces. Vous êtes jolie, spirituelle, vous avez beaucoup étudié dans de gros livres; pour moi je ne conuais d'autre science que celle de l'agriculture. Je crois, si je ne me trompe, que vous appelez la divinité que je cultive *Madame Cérès*.

Possesseur de beaux et bons cinquante arpents de terre au soleil du midi, de quarante chevaux et de vingt attelages de bœufs normands dans mes fermes, d'une réputation qui n'a jamais reçu la moindre égratignure, d'une bonne santé et d'une conscience pure comme un cristal de roche, je mets tout cela à vos pieds, mademoiselle, trop fortuné si vous daignez embellir de votre présence l'asile d'un villageois à peine dégrossi et tout à fait l'ouvrage de la nature. Voilà, direz-vous, un beau présent pour une belle dame de la ville, accoutumée à n'entendre que des discours tirés au cordeau. Que voulez-vous, c'est de l'or pur que je vous présente, votre esprit saura bientôt le polir. On m'a dit que vous n'aviez pas de fortune; eh bien, je corrigerais ces torts, vous feriez les honneurs de ma maison, vous en seriez la souveraine maitresse, trop heureux d'être votre premier jardinier, de vous apporter les plus belles fleurs de mes bosquets; je ne vous en donnerai jamais qui égalent les roses de votre teint. On dit comme ça que ce qui fait le plus de plaisir aux dames, c'est de commander à la maison; eh bien, vous ordonnerez, vous taillerez, vous rognerez, et quand bien même vous me feriez labourer mes champs en plein minuit, je trouverai tout bon, puisque ce sera ma jolie petite femme qui l'ordonnera. Il serait pourtant bien cruel de sortir du lit à cette heure-là !

Je n'irai pas à la charrue, je ne m'inquiéterai ni de mes vaches, ni de mes moutons, que je n'aie reçu votre chère réponse. Aussitôt qu'elle arrivera, je cours trouver le sonneur et le curé de notre village, et je veux qu'ils tympanisent, pendant quarante-huit heures de suite, mon bonheur; je prétends aussi que toutes les filles de l'endroit aillent au-devant de vous sur la route de Paris, avec des guirlandes de fleurs, car ce n'est que comme ça que je veux vous enchaîner au moins.

Allons, du courage, venez m'apprendre comment on parle galamment d'amour, je vous dirai ensuite comment on le sent. En attendant, permettez que je vous offre, comme présent de noces, ce collier, ces pendants en brillants, ainsi que ce petit bracelet dans lequel un habile peintre du Palais-Royal a fait cacher mon portrait. On dit que je suis ressemblant, oui, si cette figure d'ivoire dit bien tout l'amour que j'ai pour vous.

Je suis, etc.

Réponse par laquelle la jeune personne agrée les propositions de mariage qui lui sont faites.

Monsieur,

C'est justement parce que j'ai beaucoup étudié que je préférerai toujours une âme franche, un esprit droit, quoique sans culture, à tous les dehors brillants d'une éducation soignée ; quand vous saurez, d'un autre côté, que, de toutes les plus belles poésies, j'ai préféré l'*homme des champs* de l'abbé Dellile, vous n'en concevrez que plus d'espérance sur l'heureuse sympathie qui va présider à notre union ; vous voyez, monsieur, que, sans détour et sans préambule, j'aborde franchement la question : oui, je me félicite chaque jour de votre choix, et, en reconnaissance de l'honneur que vous me faites, je vous prie d'accepter, avec l'agrément de ma mère, cette miniature qui vous représentera toujours les traits d'une épouse fidèle et tendre.

Il me tarde vraiment d'être dans ma laiterie, au milieu de mes bestiaux, de mes campagnes et de mes nombreux troupeaux : loin du faste bruyant de la ville, je me flatte de trouver au village la constance et la bonne foi exilées de nos grandes cités, et, loin de chercher à vous polir (suivant votre expression), restez, monsieur, dans votre aimable simplicité, elle me sera garant de la durée de vos sentiments.

Agréez les miens, etc.

Lettre d'un amant à sa maîtresse sur l'absence.

Je crois que vous ne douterez pas du regret que votre absence me cause, après les preuves que je vous ai données de mon amour. Il vous serait bien malaisé d'ajouter foi à l'un, sans vous convaincre de l'autre; et c'est ce qui me console aujourd'hui en quelque sorte, étant hors d'espérance de recevoir d'autre soulagement. Si j'osais vous supplier de revenir bientôt, je le ferais comme un malade fait à son médecin. Il me suffit toutefois de faire connaître jusqu'à quel point votre présence est nécessaire à mon repos, en vous assurant de nouveau que je serai, toute ma vie,

Votre, etc.

Autre lettre sur le même sujet.

Si vous saviez jusqu'à quel point votre absence m'est sensible, vous auriez bien de la peine à vous défendre des atteintes de la pitié, quelque cruelle que vous soyez. Je souffre des maux dont le récit ferait compassion à mes ennemis mêmes; et à peine puis-je croire, connaissant votre humeur, que vous y pensiez seulement, bien loin d'en être touchée! Mais, puisque vous n'êtes au monde que pour y être admirée, et moi pour y endurer toutes sortes de contrariétés, la patience sera mon remède; et ma plus grande consolation sera de me dire toute la vie, avec le plus tendre et le plus sincère attachement,

Votre, etc.

Réponse aux lettres sur l'absence.

Les maux d'amour sont si aisés à guérir, que je n'en console jamais personne : si vous en êtes atteint, ma longue absence en sera bientôt le remède; s'il arrive au contraire qu'elle ne produise pas cet effet si ordinaire, ce sera toujours votre avantage, me faisant connaître par votre constance la réalité de votre amour. Je puis vous assurer, cependant, que je ne sens d'inclination que pour conserver ma liberté, sans changer la résolution que j'ai prise, dès le premier moment de notre connaissance, d'être

Votre, etc.

Autre réponse sur le même sujet.

Vous pouvez savoir que je ne suis point d'humeur à ajouter foi aux plaintes des amants; ils meurent tant de fois par jour de paroles, sans en être plus malades, que le récit de leurs peines passe maintenant pour une fable. Si j'ai de la pitié, ce ne sera jamais pour les maux dont vous vous plaignez. C'est de quoi vous assure avec sincérité

Votre, etc.

Autre réponse sur le même sujet.

Vous souffrez, je crois, moins de peine que vous n'en avez eu à m'écrire celle que mon absence vous cause. Je n'ai point une beauté à faire des malheureux ni des affligés, de sorte

que, si vous continuez à me faire des plaintes
je vous en ferai à la fin des reproches, connaissant votre feinte plutôt que votre amour. Trève
donc, s'il vous plaît, de ces discours qui ne
parlent que de regrets, de soupirs ou de larmes;
c'est un langage qui me choque extrêmement,
je vous parle avec toute la franchise dont est capable

Votre, etc.

Lettre d'un militaire à sa maîtresse.

Ma chère Sophie,

Il m'en a bien coûté pour me séparer de celle
que j'aime plus que ma vie; mais tu connais les raisons qui m'ont porté à embrasser l'état militaire, et
tu approuves, j'en suis certain, la résolution que j'ai
prise. Je souffrirai, sans aucun doute, loin de toi;
mais dans quelques années, je viendrai te demander
l'accomplissement de nos mutuelles promesses, et,
à ce moment, je serai plus digne de posséder celle
à qui j'ai voué mon existence.

Déclaration d'amour et demande en mariage.

Mademoiselle,

Je ne sais si mes regards et mes actions vous ont appris le secret de mon cœur ; ma bouche n'a encore osé le laisser échapper. J'éprouve cependant le besoin impérieux de vous le découvrir. Avant tout, Mademoiselle, je vous supplie de croire que l'honnêteté de mes vues est telle que la vertu la plus pure n'a pas le droit de s'en offenser. Si *je vous aime*, car enfin je dois avoir le courage de prononcer ce mot, c'est avec l'intention que doit se proposer tout honnête homme en recherchant une jeune personne aussi vertueuse que vous l'êtes. Mademoiselle, vous connaissez maintenant mon cœur, vous savez quelle est ma fortune ; daignez me répondre et m'apprendre si je dois former quelque espoir. Je vais, en attendant, souffrir tout ce que la crainte d'un refus est capable de faire éprouver à un cœur aussi vivement épris que le mien. Quelle que soit cependant votre réponse, favorable au contraire, croyez que je n'en serai pas moins,

Mademoiselle, votre, etc.

FIN.

Paris, Imprimerie de Ch. Bonnet et Comp., rue de Paris.

9 782329 734866